陪爸爸上班

文 張輝誠

圖 黃祈嘉

暑假結束了。

老師讓每個同學上臺發表，分享暑假去哪裡玩。
花花分享去公園玩。
小明分享去動物園玩。
奇奇分享去香港的迪士尼。

但是，他們去的地方都比不上我……

今年媽媽帶我去很遠很遠的法國，
等一下我說出來，同學一定會很羨慕我。

輪到小新上臺，
他頭低低的， 一句話也沒說。
最後， 他才小小聲的說：
「 我暑假沒有出去玩。 」

老師說： 「 沒有出去玩沒關係，
你可以分享暑假的生活喔。 」

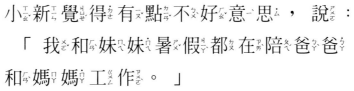

小新覺得有點不好意思，說：
「我和妹妹暑假都在陪爸爸
和媽媽工作。」

小新慢慢抬起頭，繼續說：
「我的爸爸是泥水匠，媽媽是泥水匠助手。
爸爸和媽媽每天都在工地裡趕工，
他們沒有暑假。
爸爸怕我和妹妹在家沒人照顧，
就把我和妹妹一起帶去工地。」

小新說：「爸爸在工地抹水泥、 貼磁磚，
媽媽就在旁邊幫忙拌水泥、 送水泥。
我和妹妹則在旁邊玩。」

「拌水泥耶， 好酷喔。」
不知道誰小小聲的說著， 好多同學都點點頭。

小新驚訝的看看大家， 然後說：
「可是我比較想全家一起出去玩。」

小工新工還说，他們全家中午一起吃便當，
一起在紙板上睡午覺。

等他醒過來的時候，
爸爸和媽媽已經在工作了。

「媽，我來幫你拌水泥。」
「媽媽來就可以了，你去陪妹妹玩。」

15

「我突然覺得，爸爸和媽媽好辛苦，
我希望我長大以後可以快一點賺錢，
這樣爸爸和媽媽就不用這麼辛苦。」
小新說完，眼眶紅紅的。

「小新真懂事。」老師稱讚他。

17

小新分享完之後，
又有幾個同學上臺分享，
但是我都沒有認真聽。

我也好希望可以像小新一樣，
整天都和爸爸、媽媽在一起，
但是他們好忙。

去法國的時候， 其實只有媽媽陪我去，
爸爸還在上班。

不知道爸爸上班的時候，
是不是也和小新的爸爸一樣辛苦？

媽媽和我在巴黎的商店，
特地幫爸爸選了一條新領帶，
要送給爸爸。

輪到我上臺分享時，
我沒有分享去法國玩的事。
我分享暑假時媽媽帶我去
爸爸辦公室的事。

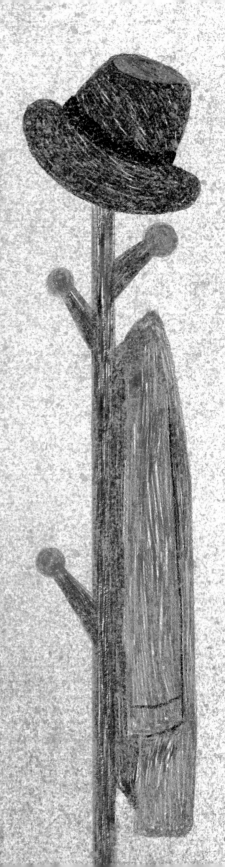

那ㄋㄚˋ一一ˋ天ㄊㄧㄢ， 爸ㄅㄚˋ爸ㄅㄚˋ繫ㄒㄧˋ著ㄓㄜ我ㄨㄛˇ們ㄇㄣˊ送ㄙㄨㄥˋ他ㄊㄚ的ㄉㄜ領ㄌㄧㄥˇ帶ㄉㄞˋ，
媽ㄇㄚ媽ㄇㄚ一一ˋ直ㄓˊ幫ㄅㄤ爸ㄅㄚˋ爸ㄅㄚˋ打ㄉㄚˇ字ㄗˋ， 我ㄨㄛˇ在ㄗㄞˋ旁ㄆㄤˊ邊ㄅㄧㄢ玩ㄨㄢˊ著ㄓㄜ玩ㄨㄢˊ具ㄐㄩˋ車ㄔㄜ。

「暑假最棒的事情，就是陪爸爸上班！」

作者介紹｜張輝誠

臺灣師大文學博士，曾任臺北市中山女中教師，文學作家，作品曾獲時報文學獎、梁實秋文學獎。曾獲教育部教學卓越獎金質獎，2013 年 9 月開始提倡「學思達教學法」，是臺灣教育圈「隨時開放教室」第一人。

關於學思達

曾任教於臺灣中山女中的張輝誠老師以十多年的時間自創「學思達」教學法，讓課堂成為有效教學的場域，真正訓練學生自「學」、閱讀、「思」考、討論、分析、歸納、表「達」、寫作等一生受用的能力。

臉書「學思達教學社群」目前已有五萬兩千名老師、家長、學生、學者每天進行專業教學討論；「學思達教學法分享平台」(ShareClass) 打破校際藩籬，共享學思達教學講義；三十餘位學思達核心講師群團隊，在全臺灣各地辦理演講、工作坊，分享學思達教學法，更受邀至各地分享經驗，為華人世界的教育革新寫下新頁。

學思達小學堂 4

陪爸爸上班

文｜張輝誠
圖｜黃祈嘉

責任編輯｜陳毓書　特約編輯｜游嘉惠　特約美術設計｜蕭旭芳

行銷企劃｜陳詩茵、吳函臻

發行人｜殷允芃　創辦人兼執行長｜何琦瑜

副總經理｜林彥傑　總監｜黃雅妮　版權專員｜何晨瑋、黃微真

出版者｜親子天下股份有限公司

地址｜台北市 104 建國北路一段 96 號 4 樓

電話｜（02）2509-2800　傳真｜（02）2509-2462

網址｜ www.parenting.com.tw

讀者服務專線｜（02）2662-0332　週一～週五：09:00~17:30

讀者服務傳真｜（02）2662-6048

客服信箱｜ bill@cw.com.tw

法律顧問｜台英國際商務法律事務所・羅明通律師

製版印刷｜中原造像股份有限公司

總經銷｜大和圖書有限公司電話：（02）8990-2588

出版日期｜2018 年 9 月第一版第一次印行
　　　　　2021 年 7 月第一版第十一次印行

定價｜300 元　書號｜BKKP0224P　ISBN｜978-957-503-014-8　（精裝）

訂購服務

親子天下 Shopping｜shopping.parenting.com.tw

海外・大量訂購｜parenting@cw.com.tw

書香花園｜台北市建國北路二段 6 巷 11 號

電話｜（02）2506-1635

劃撥帳號｜50331356 親子天下股份有限公司

www.parenting.com.tw

學思達小學堂
教學影音

立即購買＞